圖　曹源希（조원희）

在大學主修多媒體設計，
現以插畫為職，並從事繪本創作。
圖文作品包括《冰雪少年》《啊！是繩子！》
《討厭》（書名暫譯）《牙齒獵人》（大穎文
化出版）等，並曾為《推開》《山羊四萬元》
《我有家人》（書名暫譯）等書繪製插畫。

譯　簡郁璇

專職譯者，譯作逾百，願透過文字帶給
大人及孩子溫暖。作品包括《歡迎光臨
休南洞書店》、《地球盡頭的溫室》《關
於女兒》等文學小說，以及《爺爺的天堂
旅行》、《向日葵想長高》等繪本。
臉書交流專頁、IG：小玩譯

據說每個人的門外都有一頭獅子。
有人生，就有獅子，
沒有人例外。

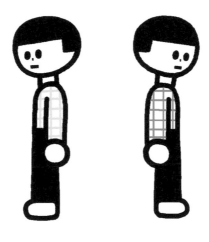

繪本屋 016
門外有一頭獅子

文　尹我海（윤아해）
圖　曺源希（조원희）
譯　簡郁璇

總 編 輯　陳怡璇
副總編輯　胡儀芬
美術設計　貓起來工作室
行銷企劃　林芳如

出　　版　小木馬 / 木馬文化事業股份有限公司
發　　行　遠足文化事業股份有限公司（讀書共和國出版集團）
電　　話　02-22181417
傳　　真　02-86671056
E m a i l　service@bookrep.com.tw
郵撥帳號　19588272 木馬文化事業股份有限公司
客服專線　0800-2210-29
法律顧問　華洋法律事務所　蘇文生律師
印　　刷　呈靖彩藝有限公司
2023（民 112）年 11 月初版一刷
定　　價　380 元
I S B N　978-626-977-5163
　　　　　978-626-977-5787（EPUB）
　　　　　978-626-977-5170　（PDF）

國家圖書館出版品預行編目 (CIP) 資料

門外有一頭獅子 / 尹我海文；曺源希圖；簡郁璇翻譯 .-- 初版 .-- [新北市]：小木馬，
　木馬文化事業股份有限公司出版：遠足文化事業股份有限公司發行，民 112.11
52 面；19X25 公分 . -- (繪本屋；16)
　ISBN 978-626-97751-6-3(精裝)
　862.599　　112016909

特別聲明：有關本書中的言論內容，不代表本公司／本集團之立場與意見，文責由作者自行承擔。

有一頭獅子

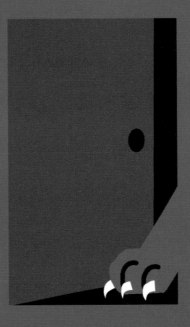

文　尹我海
圖　曹源希
譯　簡郁璇

門外有一頭獅子，
我好怕獅子。

門外有一頭獅子，
我好怕獅子。

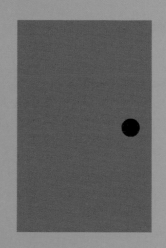

門外有一頭獅子，
所以我出不去。

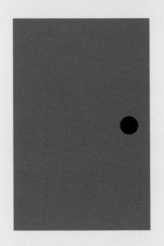

門外有一頭獅子，
但我還是想出去。

獅子巨大無比，還有尖尖的利牙。

獅子巨大無比，還有尖尖的利牙。

獅子還有銳利的爪子。

獅子還有銳利的爪子。

門外有一頭獅子。
我好怕獅子，所以沒辦法出去！

門外有一頭獅子。
假如因為害怕獅子就不出去，
我就什麼事都辦不到了！

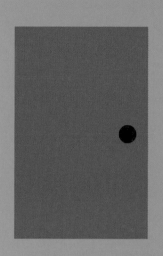

如果不走出那扇門，
我就不知道世界上有什麼，
是個什麼樣的地方了。

我想親眼看到、親身體驗遼闊的世界，
我不能一整天都躲在家裡！

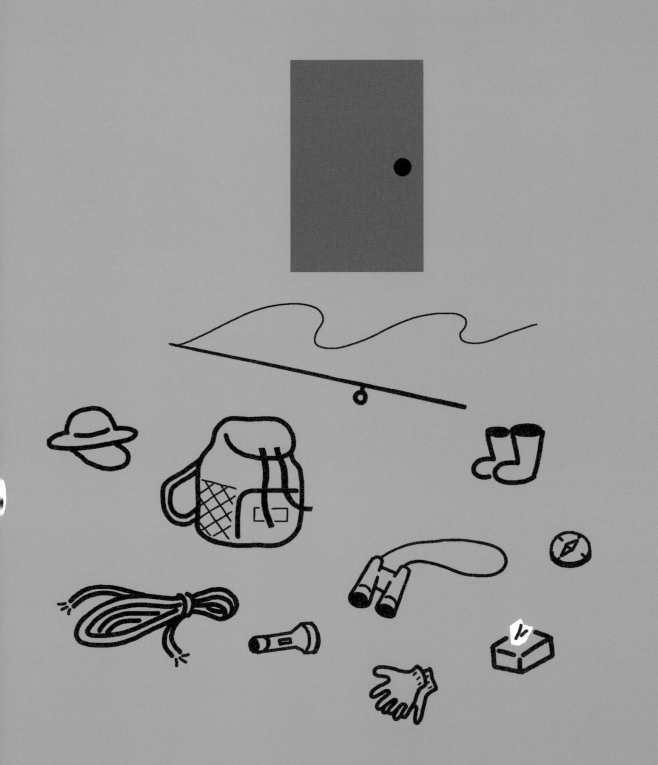

門外有一頭獅子。

牠為什麼在外頭晃來晃去？
是打算把我抓去吃嗎？

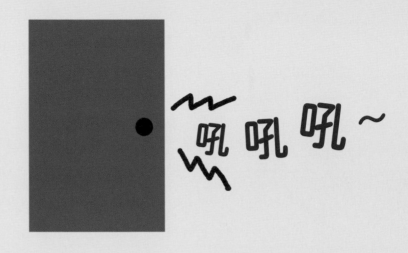

吼吼吼～

這下糟了！

牠為什麼在外頭晃來晃去？
是肚子餓了嗎？

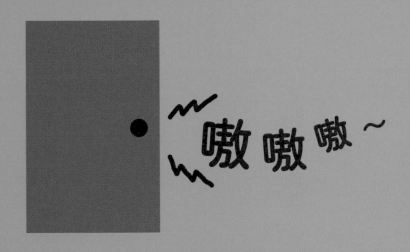

那現在就是大好機會！

我該怎麼辦？

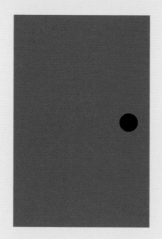

讓香噴噴的味道，
慢慢飄出去吧～！

我該怎麼辦？

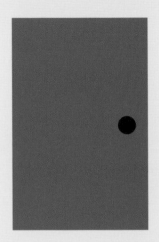

抖抖抖

你就吃這個吧！

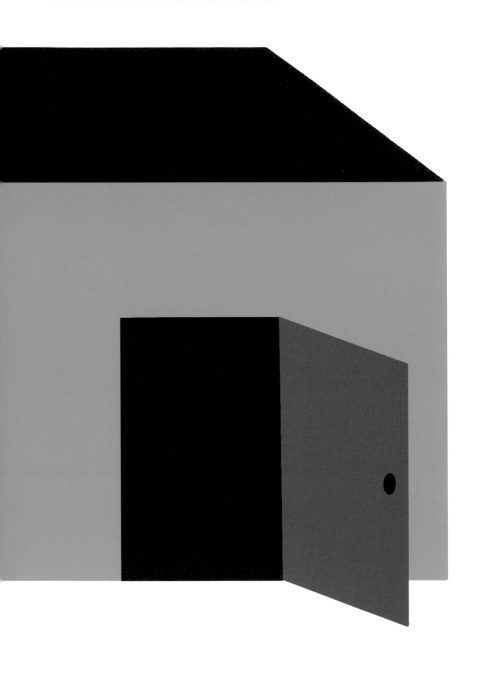

就是現在！

呀呼！

終於出來了！

啊，有熊！

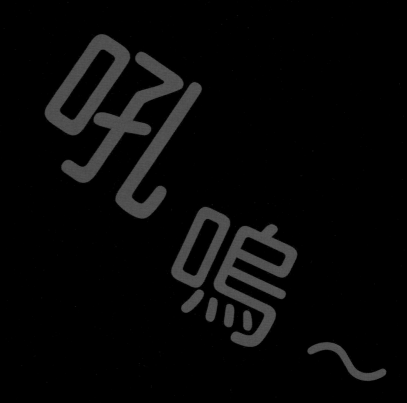

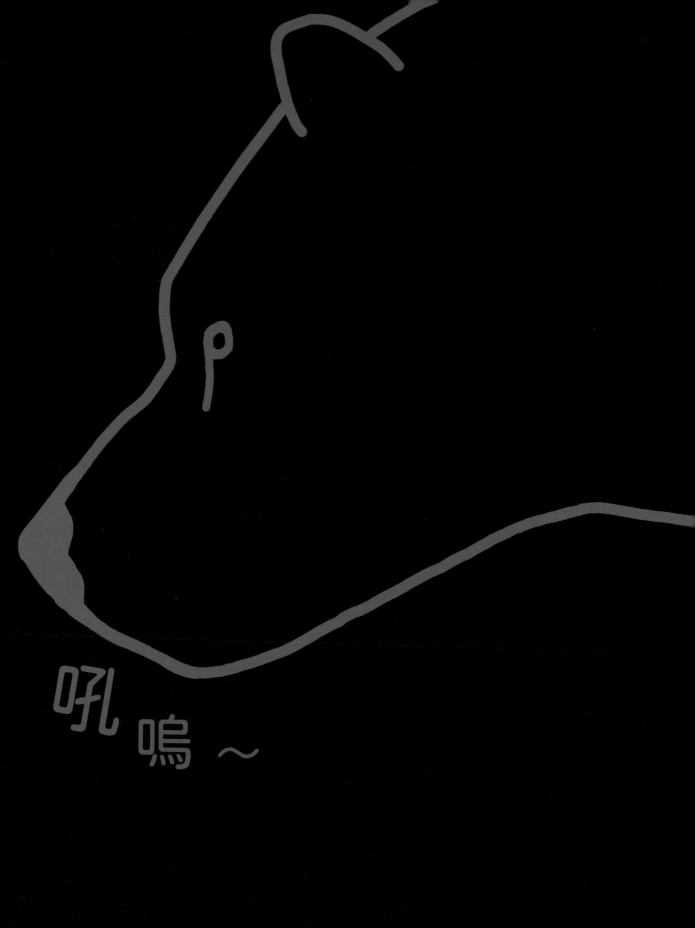

這個問題，又該怎麼解決呢？

我想出去。
我沒辦法走出家門，
都是因為那頭獅子！